LA HERMANA DE LA DELANTERA

DE **JAKE MADDOX**

Texto de Emma Calrson Berne
Ilustrado por Katie Wood

STONE ARCH BOOKS
a capstone imprint

Publicado por Stone Arch Books, un sello editorial de Capstone.
1710 Roe Crest Drive, North Mankato, Minnesota 56003
capstonepub.com

Copyright © 2023 de Capstone. Todos los derechos reservados. Ninguna parte de esta publicación puede reproducirse total o parcialmente, ni almacenarse en un sistema de recuperación, ni transmitirse de ninguna forma o por ningún medio, ya sea electrónico, mecánico, de fotocopiado, grabación o cualquier otro tipo, sin la autorización escrita de la editorial.

Library of Congress Cataloging-in-Publication Data
Names: Maddox, Jake, author. | Berne, Emma Carlson, 1979- author. | Wood, Katie, 1981- illustrator. | Garrido, Carolina (Translator), translator.
Title: La hermana de la delantera / de Jake Maddox ; texto de Emma Carlson Berne ; ilustrado por Katie Wood ; traducción: Carolina Garrido.
Other titles: Striker's sister. Spanish
Description: North Mankato, Minnesota : Stone Arch Books, an imprint of Capstone, [2023] | Series: Jake Maddox en español | Audience: Ages 8-11. | Audience: Grades 4-6. | Summary: Lily Davis's big sister and star soccer player, Jana, has left home for basic training, and now Lily's parents and coach want her to change positions, from goalie to striker, wear Jana's jersey, and fill her sister's shoes—at first she goes along with the switch, until a letter from Jana gives her the courage to tell them all that she is her own person, and that person is a goalie.
Identifiers: LCCN 2022024850 (print) | LCCN 2022024851 (ebook) | ISBN 9781669014362 (hardcover/encuadernación de biblioteca) | ISBN 9781669015277 (paperback/tapa blanda) | ISBN 9781669015260 (ebook PDF/libro electrónico en PDF)
Subjects: LCSH: Soccer goalkeepers—Juvenile fiction. | Self-confidence—Juvenile fiction. | Sisters—Juvenile fiction. | Parent and child—Juvenile fiction. | CYAC: Soccer—Fiction | Self-confidence—Fiction | Sisters—Fiction | Parent and child—Fiction | Spanish language materials. | LCGFT: Sports fiction.
Classification: LCC PZ73 .M2124 2023 (print) | LCC PZ73 (ebook) | DDC 813.6 [Fic]—dc23

Resumen: No hace mucho que la hermana mayor de Lily, Jana, se marchó de casa para asistir al entrenamiento básico, y Lily echa mucho de menos a su ídola del fútbol. Pero cuando los padres y la entrenadora de Lily empiezan a presionarla para que ocupe el lugar que dejó Jana, la presión de ser como la delantera estrella le resulta abrumadora. ¿Logrará Lily encontrar la fuerza para ser ella misma?

Diseño: Ted Williams y Laura Manthe
Especialista de producción: Polly Fisher
Elementos de diseño: Shutterstock
Traducción: Carolina Garrido

ÍNDICE

CAPÍTULO 1
CÓMO EXTRAÑO A JANA 5

CAPÍTULO 2
EN LOS TACHONES DE SU HERMANA 10

CAPÍTULO 3
LEGADO FUTBOLÍSTICO 15

CAPÍTULO 4
EL CAMBIO 21

CAPÍTULO 5
LA CAMISETA DE JANA 28

CAPÍTULO 6
DESAPARECER 35

CAPÍTULO 7
UN MENSAJE 41

CAPÍTULO 8
ALZA TU VOZ 46

CAPÍTULO 9
ENTRE LOS POSTES 52

CAPÍTULO 10
LILY DAVIS, ARQUERA 59

CAPÍTULO 1

CÓMO EXTRAÑO A JANA

—¡Atención, Lily! —gritó Mari—.

La arquera de las Cowboys, Lily Davis, observó cómo la delantera de las Bobcats driblaba por la cancha. Tenía la mirada fija y decidida.

Lily se ubicó entre los postes del arco y trató de concentrarse. Detrás de ella, la red blanca ondulaba con la cálida brisa otoñal. El césped verde se extendía ante ella.

Susannah, la compañera de equipo de Lily, corrió hacia adelante. Se movía hacia la derecha y hacia la izquierda. Luego se lanzó como una libélula y robó la pelota.

Otra Bobcat se precipitó hacia Susannah. La niña recuperó la pelota y esquivó a las defensoras de las Cowboys.

Las Bobcats se estaban acercando otra vez al área de gol. Lily entrecerró los ojos.

Lily siempre había sentido que su lugar era entre los palos del arco. Al fin y al cabo, había jugado de arquera desde los seis años. El área del arco se sentía como su segundo hogar.

Pero ahora todo era diferente.

La delantera de las Bobcats golpeó la pelota contra la red. Lily saltó hacia un costado.

¡PUM!

La pelota pegó en sus manos, como lo había hecho cientos de veces antes. Esta vez, sin embargo, no hubo emoción. Lily volvió a poner la pelota en juego. Pero era como si toda su pasión y ganas de jugar se hubiesen agotado.

La razón era que su hermana mayor, Jana, se había ido. Lily sabía que ese era el problema. Su hermana no practicaba en el campo de al lado. No estaba sentada en las gradas. Era el primer partido de Lily de la nueva temporada y la primera vez que Jana no estaba allí.

Al pensar en su hermana, a Lily se le hizo un nudo en la garganta. Intentó mirar el partido que tenía adelante. Pero sus compañeras se volvieron borrosas a medida que sus ojos se llenaban de lágrimas.

Jana se había ido al campamento de entrenamiento del ejército hacía tres días. Estaba a dos estados de distancia, haciendo lagartijas. O lo que fuera que la gente hiciera en el campamento de entrenamiento. Solo había llamado una vez.

Lily recordó la conversación.

—¿Mamá? Soy Jana —dijo—. Acabo de llegar. Te llamaré dentro de setenta y dos horas con mi dirección. Asegúrate de tener un lapicero a mano cuando llame. Tengo que irme. Te quiero.

Eso era todo. Ahora estaban esperando la segunda llamada.

Lily echaba mucho de menos a su hermana. Todo el mundo echaba de menos a Jana: mamá y papá, sus amigos, incluso la entrenadora de fútbol. Su ausencia era como un vacío en todos los lugares a los que iba Lily.

Se secó rápidamente las lágrimas.

—¡Arquera! —gritó alguien, y de repente Lily volvió a enfocarse en la cancha.

La pelota volaba hacia ella. Lily saltó hacia la izquierda con las manos extendidas.

Pero la pelota pasó volando por encima de sus manos. Encajó en la red del arco.

—¡Sí! —gritó la delantera de las Bobcats.

Las Bobcats corrieron a abrazarse entre todas.

Lily se levantó del suelo. Las Cowboys volvieron lentamente a sus posiciones. Nadie la miró.

No era necesario. Lily sabía que había metido la pata. No había prestado atención. Había dejado pasar un tiro fácil.

«Jana nunca habría perdido la concentración de esa manera», pensó Lily. «Aunque era delantera, siempre tenía la cabeza en el juego».

Lily se sintió muy avergonzada. El partido acababa de empezar. Pero Lily sabía que, para ella, ya había terminado.

CAPÍTULO 2

EN LOS TACHONES DE SU HERMANA

A Lily le costó terminar el partido. Bloqueó algunos tiros más, pero uno se coló en los últimos minutos. Cuando sonó el silbato, el resultado era 1-2. Las Bobcats habían ganado.

Lily intentó contener las lágrimas. Hacía años que no lloraba por no haber atajado una pelota. Permaneció con la mirada baja mientras las Cowboys se alineaban para estrechar sus manos. Su mejor amiga, Charlotte, se puso detrás de ella.

—Lily, ¿estás bien? —preguntó Charlotte

mientras le daban la mano a las Bobcats.

—Sí, estoy... —Lily se detuvo. No podía hablar sin llorar.

Tan pronto como Lily llegó al final de la fila para saludar, salió corriendo de la cancha. Ni siquiera esperó a Charlotte.

Tomó la bolsa de fútbol del vestuario y se fue antes de que entraran sus compañeras. No quería hablar con nadie. Lo único que harían sería ver sus ojos rojos y sentir lástima por ella.

Lily se apresuró a salir al estacionamiento. Apoyó la cabeza en el metal cálido del auto de mamá. Se le saltaron las lágrimas. Se sentía como una taza que se desbordaba.

Entonces oyó la voz de su madre.

—Oh, Lily —dijo la madre—. Está bien.

Lily se volvió y vio a sus padres. Los abrazó a los dos con fuerza.

—Se siente tan raro jugar sin Jana —dijo Lily entre sollozos—. La extraño tanto.

Los ojos de mamá relucieron, llenos de lágrimas.

—Lo sé —dijo—. Nosotros también la extrañamos.

En el interior de Lily, el nudo durísimo que se había formado se relajó un poco. Sus padres lo entendían. Sentían lo mismo. Por un momento, se quedaron todos juntos en un gran abrazo.

—Pero todo estará bien —dijo el padre—. Todavía te tenemos aquí. Ahora serás nuestra estrella del fútbol. Serás igual que Jana.

—¿Qué? —preguntó Lily, dando un paso atrás. No estaba segura de haber oído bien.

—Así es —añadió mamá. Acomodó un mechón de pelo en las trenzas de Lily—.

Ocuparás el lugar de tu hermana, Lily. Eso nos ayudará a todos.

Lily parpadeó con fuerza. Nunca se había sentido tan rara. «Extraño a Jana», pensó, pero no quiero ser ella». Tenía que alejarse. Tenía que pensar.

La madre abrió la puerta del auto.

—Ven, vamos a comer algo antes de ir a casa —dijo.

—N… no gracias —tartamudeó Lily—. Creo que voy a caminar.

—Ah —dijo la madre—, ¿estás segura?

—Sí, solo necesito un poco de aire —dijo Lily por encima del hombro. Ya se estaba alejando a toda prisa—. ¡Nos vemos en casa!

Se preguntó si podían oír el tono falso de su voz como lo hacía ella. O incluso si la oían en absoluto.

CAPÍTULO 3

LEGADO FUTBOLÍSTICO

Unos minutos después, Lily abrió de un empujón las enormes puertas azules del colegio. Había planeado ir directamente a casa. Pero había algo que parecía atraerla de nuevo hacia la escuela.

En el pasillo, cerca de los vestuarios, había vitrinas de cristal tan altas como ella. Por encima, el techo estaba cubierto con las banderas azules y blancas de las Cowboys.

El pasillo estaba vacío. Las compañeras de Lily ya se habían cambiado y se habían ido a casa.

El único sonido que se oía sobre el suelo de cemento pulido era el de los pasos de Lily.

Lily respiró profundamente y sopló a través de los labios. Era una técnica que le había enseñado Jana para desacelerar la respiración. Siempre la ayudaba a calmarse.

Lily caminó lentamente junto a las vitrinas. Había trofeos del equipo de debate, placas de natación y certificados de honor en inglés. Se detuvo frente a la tercera vitrina.

Las placas de fútbol estaban alineadas en la fila superior, como soldados. Lily leyó lo que estaba escrito en cada una de ellas.

Jana Davis, Jugadora más valiosa en ataque.

Jana Davis, Mejor jugadora del equipo femenino de primera división.

La última había sido justo antes de que Jana se fuera al campamento de entrenamiento.

También había premios de equipo. No llevaban el nombre de Jana. Pero ella había liderado esos equipos. También eran sus premios.

—¡Lily! —llamó una voz.

Lily se volteó. Charlotte trotaba por el pasillo, llevando su bolsa de fútbol.

—¡Te esperé muchísimo! —dijo Charlotte—. ¿Adónde te fuiste?

Lily no respondió. Se limitó a gemir mientras se deslizaba hacia el suelo. Volvió la cabeza hacia atrás contra la vitrina.

Charlotte se sentó sobre el suelo junto a su amiga.

—¿Qué pasa? —preguntó—.

—¡Oh, Charlotte! —dijo Lily llorando—. Extraño tanto a Jana que no puedo jugar.

Eso es una cosa. Pero ahora parece que mamá y papá quieren que sea Jana. Me han dicho que tengo que ocupar su lugar.

Charlotte escuchó en silencio. Su rostro, normalmente alegre, estaba serio.

—No quiero ocupar el lugar de Jana. ¡No soy ella! —continuó Lily—. No podría ser ella, aunque quisiera.

Levantó una mano hacia la reluciente vitrina de trofeos.

—Por supuesto que no tienes que ser como Jana —dijo Charlotte—. Eres fantástica tal y como eres. ¿Cuándo hemos tenido una arquera mejor?

—Hoy no —murmuró Lily. Luego continuó—. Pero mamá y papá la extrañan mucho. Quizá debería hacer lo que ellos quieren. Quizá intente ser como Jana.

—Pero tú no eres Jana. Eres tú —dijo

Charlotte con firmeza—. Por eso eres mi mejor amiga. No lo olvides.

Lily abrazó a Charlotte.

—Gracias —dijo—. Siempre sabes qué decir. ¿Quieres acompañarme a casa?

Su amiga asintió y sonrió, y Lily le devolvió la sonrisa. Al menos Charlotte la quería tal y como era. Ojalá pudiera estar tan segura de que todos los demás sentían lo mismo.

CAPÍTULO 4

EL CAMBIO

—¡Uf! —gritó Lily mientras se lanzaba hacia adelante en el entrenamiento del día siguiente.

Capturó la pelota y se puso de pie de un salto. La hizo rodar hacia su equipo.

Las Cowboys estaban haciendo ejercicios de práctica de patadas. Lily bloqueaba fácilmente la mayoría de los lanzamientos. Hoy se sentía mejor.

«Solo tengo que concentrarme en el fútbol», se dijo a sí misma. «No tengo que preocuparme por Jana, ni por lo que hayan dicho papá y mamá. Todo saldrá bien. Concéntrate en la cancha».

La entrenadora Rose hizo sonar el silbato.

—¡Pasemos al partido de práctica! —dijo—. Lily ahora tú serás la delantera. Charlotte, ocúpate del arco de Lily. Susannah estará en el arco contrario.

La entrenadora dividió al resto de las niñas en dos equipos. Cuando terminó, todas corrieron a sus puestos.

Lily se colocó en la posición de delantera. Le resultaba extraño estar en la cancha. Casi nunca salía del arco. Pero la entrenadora quería entrenar a Charlotte como arquera suplente.

Comenzó el partido de práctica. Pronto Nora, que estaba en el equipo de Lily, tuvo la pelota. Esquivó a Abbie y se la pasó a Mari.

Mari se movió para recoger el pase, pero Becca se abalanzó inmediatamente. Becca se apoderó de la pelota con sus tachones. Giró la pelota y dribló hacia el arco contrario.

Lily corrió en su busca. Becca era rápida, pero Lily era más rápida.

Lily apretó los puños y movió los brazos y las piernas. Rápidamente alcanzó a la otra niña. Adelantó el pie y le arrebató la pelota a Becca.

Detrás de ella, Lily pudo oír a Nora y Mari que la animaban. Corrió hacia el arco.

Abbie se lanzó delante de ella e intentó detener el ataque. Pero Lily amagó hacia la izquierda y luego giró fácilmente alrededor de su oponente. Lily siguió corriendo hacia adelante.

El arco estaba muy despejado. Ninguna defensora se interponía en el camino de

Lily. Charlotte se preparó con las manos extendidas.

Pero Lily sabía muy bien cómo rodear a la arquera con la pelota. Movió la pierna hacia atrás y pateó la pelota con fuerza.

Charlotte saltó, pero no pudo llegar lo suficientemente alto. La pelota pasó por encima de ella y justo en el ángulo superior derecho de la red.

—¡Bravo! —gritó Mari desde la cancha—. ¡Qué buena jugada!

—Sí —añadió Charlotte mientras salía del arco—. Buena potencia al final, Lily.

—Gracias —dijo Lily sin aliento.

Cuando Lily miró hacia la línea de banda, percibió la mirada de la entrenadora Rose. La entrenadora se quedó mirando a Lily durante un largo minuto. Luego marcó algo en su portapapeles.

Las Cowboys continuaron su partido de práctica. Los dos equipos marcaron algunos goles. Lily incluso metió otro gol en el último minuto. Pronto la entrenadora Rose hizo sonar su silbato.

—¡Equipo, acérquense! —gritó.

Las niñas se acercaron.

—Como saben, el primer partido del Torneo de otoño de Crosstown es el sábado —dijo la entrenadora Rose—. Jugaremos contra Forest Hills Thunder. Tienen jugadoras rápidas, pero tienden a descuidarse. Aquí están las posiciones.

Empezó a leer los nombres de su portapapeles.

—Becca, delantera. Lily, delantera. Charlotte, arquera —dijo.

La entrenadora seguía hablando, pero Lily no oyó nada más. «¿Dijo que yo era delantera?», pensó.

Lily levantó la mano.

—¿Entrenadora? —preguntó dudosa.

—¿Sí, Davis? —contestó ella.

—Lo siento, pero ¿ha querido decir que Charlotte es delantera y yo arquera? —preguntó Lily.

La entrenadora Rose negó con la cabeza.

—No. Quiero cambiar las cosas para el torneo. A las dos les vendrá bien para practicar —explicó.

Lily miró fijamente a Charlotte al otro lado del grupo. Los ojos grandes de Charlotte le devolvieron la mirada.

Jana era la delantera. Siempre había sido la delantera, y Lily siempre había sido la arquera.

Parecía que Lily iba a ser como Jana, lo quisiera o no.

CAPÍTULO 5

LA CAMISETA DE JANA

—¿Qué tal el entrenamiento, Lily? —preguntó la madre aquella noche durante la cena.

Lily levantó la vista de sus enchiladas y frijoles verdes. Había estado empujando la comida en el plato. No tenía hambre. No después del shock del entrenamiento.

—Fue... raro —respondió.

Pero raro ni siquiera empezaba a explicarlo. No podía dejar de pensar en su nueva posición.

—¿Raro? ¿Qué quieres decir? —preguntó el padre.

—La entrenadora quiere cambiar de posiciones para el Torneo de otoño de Crosstown —explicó Lily—. Va a poner a Charlotte de arquera y a mí de delantera.

Las caras de sus padres se iluminaron.

—¡La posición de Jana! —dijo la madre—. ¡Es maravilloso!

—La verdad es que no me gustó mucho —murmuró Lily—. A mí me encanta ser arquera.

—Ser delantera es un honor. Así es como siempre pensó Jana —dijo el padre y sonrió—. Vas a representar a tu hermana mayor, ¿eh?

—P… pero —tartamudeó Lily inútilmente

Sus padres ni siquiera la miraban. Se miraban el uno al otro.

—Phil, ¿crees que es el momento? —dijo la madre.

—¡Justo lo que estaba pensando! Voy a buscarla —dijo papá, levantándose de la silla.

Un momento después oyeron sus pasos en la escalera.

Pronto papá volvió a entrar en la habitación a toda prisa. Tenía algo en las manos. Con una gran sonrisa, lo levantó.

Lily se quedó mirando. De repente sintió que tenía el estómago lleno de cemento en lugar de comida. Era la vieja camiseta de Jana. El número 4 oscuro resaltaba sobre el azul claro.

Papá le tendió la camiseta. Como un robot, Lily la tomó automáticamente.

—Jana nos pidió que te la diéramos después de marcharse —explicó la madre—.

Pensó que te gustaría tenerla. Pero ahora que juegas en la antigua posición de Jana... ¡Podrías ponértela para jugar los partidos! ¡Pruébatela!

Lily deslizó la tela de red por la cabeza. Le llegó un aroma a lavanda. Era el gel de baño de Jana. Nunca usaba otro tipo.

—Un poquito grande —dijo el padre—. ¿No es bonito que podamos seguir sintiéndonos cerca de tu hermana, incluso cuando está lejos?

—Sí —dijo Lily con voz entrecortada. Sentía que si se quedaba un segundo más iba a gritar—. Tengo que ir arriba. Tengo mucha tarea de la escuela.

Consiguió contener las lágrimas hasta que estuvo en su habitación.

* * *

Al día siguiente, en el vestuario, a Lily se le revolvió el estómago cuando abrió el cierre de su bolsa de fútbol. La camiseta de Jana estaba justo encima.

Lily quería esconderla en su habitación, pero mamá y papá se habían alegrado tanto de dársela. No se atrevía a dejarla en casa.

La sacudió y aún podía oler el aroma a lavanda. Por suerte, no tendría que ponérsela para el entrenamiento de hoy.

—¡Guau! ¿Esa es la camiseta de Jana? —preguntó alguien cuando Lily estaba a punto de colgarla en su casillero.

Lily miró por encima del hombro. Mari se acercaba.

—Ah, sí, pero… —comenzó a decir Lily.

—¡Increíble! —dijo Mari. Admiró la camiseta con una sonrisa de oreja a oreja.

—¡Uy! —dijo la entrenadora Rose al salir de su oficina—. ¡Muy bien, el número cuatro! ¿Te la vas a poner para el partido del sábado?

—No sé si debería… —dijo Lily—. Es un número diferente y no quiero causar ningún problema.

—¡Claro que no es problema! —dijo la entrenadora e hizo un gesto con la mano—. Me parece estupendo homenajear así a tu hermana. Solo cambiaré tu número en los documentos. Es como tener a nuestra vieja chica de vuelta.

«Pero ¿qué pasa con esta chica?», pensó Lily mientras guardaba la camiseta. «Yo también extraño a Jana, pero ¿acaso nadie se alegra de que yo esté aquí?»

CAPÍTULO 6

DESAPARECER

En medio del entrenamiento, la entrenadora Rose hizo sonar el silbato.

—Practiquemos patadas. ¡Rápido! —dijo.

Charlotte dirigió a Lily una mirada de disculpa mientras corría hacia el arco. Lily se alineó con el resto del equipo. Se sentía mal por no estar en el arco.

Abbie fue la primera en patear. Corrió hacia adelante y pateó la pelota con fuerza. Charlotte saltó hacia un lado, pero no la pudo atrapar.

«¡Charlotte debería haberla pateado!»,

pensó Lily automáticamente. Era como si pudiera sentir el movimiento correcto en el cuerpo.

A continuación, Mari dribló. Charlotte consiguió bloquear el tiro, pero por poco. Lily pudo ver el sudor que brillaba en la cara de su amiga.

Pronto llegó el turno de Lily. Corrió hacia el arco y apuntó para patear.

Incluso antes de que el pie tocara la pelota, Lily se dio cuenta de que no iba a ser un buen tiro. La golpeó de forma descentrada. La pelota giró débilmente hacia el arco.

La entrenadora hizo sonar el silbato.

—¡Inténtalo de nuevo, Lily! —gritó.

Lily sintió que le ardía la cara. No miró a sus compañeras mientras driblaba la pelota para volver a su posición.

«¡Vamos!», se dijo a sí misma. No necesitaba agregar la vergüenza pública a su lista de problemas actuales.

Alejó todos los pensamientos de la mente y corrió hacia adelante. Con las piernas en movimiento, golpeó la pelota con fuerza. Los cordones de su tachón golpearon la pelota con un sonido muy satisfactorio. ¡Tac!

La pelota salió disparada hacia la esquina del arco. Charlotte saltó y se estiró, pero no la alcanzó.

—¡Muy bien, Jana! —gritó la entrenadora Rose.

Lily se quedó helada. «¿Qué acaba de decir?».

—Lo siento, quise decir Lily, por supuesto —corrigió la entrenadora y le sonrió—. Sabía que serías una gran delantera. Lo llevas en la sangre.

La entrenadora Rose volvió a hacer sonar el silbato.

—¡Muy bien, pasemos al partido de práctica! —dijo.

El entrenamiento pareció eterno. Durante el partido de práctica, Lily no dejaba de mirar el espacio entre los postes del arco. Ese era su territorio.

Jugar de arquera era una gran responsabilidad, pero a Lily siempre le había gustado ayudar a su equipo. Nada le gustaba más que cuando saltaba para atrapar la pelota. Se elevaba en el aire. Entonces sentía el golpe en sus guantes y oía los gritos de alegría de las gradas.

Lily sintió cómo la presión aumentaba en su interior mientras corría por la cancha. Las voces parecían hacer eco dentro de su cabeza. «¡Serás como Jana!», dijo la voz de su padre. «¡Muy bien, Jana!», agregó la entrenadora Rose.

Becca le lanzó la pelota. Lily la atrapó y dribló hacia el arco.

Era como si Jana fuera un fantasma. Estaba en la camiseta y en la mente de todos, pero no estaba allí. Ahora Lily empezaba a sentir que ella tampoco estaba realmente allí. Estaba desapareciendo.

Lily pateó la pelota. Se elevó por encima de las manos de Charlotte y entró en la red. Sus compañeras aplaudieron, pero Lily no se sintió feliz. En cambio, se le retorció el estómago.

«¡Me encanta el fútbol y me encanta este equipo!», pensó Lily. «Pero ¿cómo puedo seguir jugando así?»

CAPÍTULO 7

UN MENSAJE

—¡Hola! —saludó la madre desde la cocina cuando Lily abrió la puerta después del entrenamiento.

—Hola —murmuró Lily.

Inmediatamente se dirigió hacia las escaleras. Lo último que quería era una conversación alegre con mamá sobre el entrenamiento. No quería oír lo emocionados que estaban todos por el partido del sábado.

Se abrió la ranura del correo. Varias cartas y catálogos cayeron sobre el felpudo.

—¿Es el correo? —preguntó la madre—. ¿Puedes recogerlo, corazón?

Suspirando, Lily recogió la pila. Había un catálogo de jardinería para papá y dos publicidades de tarjetas de crédito. Y entonces Lily se detuvo.

Era una carta de Jana. Y estaba dirigida a Lily.

Lily arrojó el resto del correo sobre la mesa del vestíbulo. Luego subió corriendo las escaleras y entró en su habitación. Se hundió en la cama.

Lentamente, abrió el sobre.

¡Hola, Lily!

Perdona que no te haya escrito antes. Nos tienen muy ocupadas en el entrenamiento básico, pero lo llevo bien. Acaban de empezar a permitirnos escribir cartas una vez a la semana.

¡La primera te toca a ti! No te preocupes, la próxima vez le escribiré a mamá y a papá.

He estado pensando en ti y en el equipo constantemente. ¿Cómo van las Cowboys este año? Es muy raro no estar allí. ¡No puedo creer que este sea el primer año que no juego al fútbol desde que tenía cinco años!

¿Mamá y papá te dieron mi camiseta vieja? Pensé que te gustaría guardarla. Pero sé que estarás en la cancha dando lo mejor con tu propia camiseta de arquera. ¡Qué pena no poder ver tus increíbles atajadas! Todavía recuerdo cuando te pusiste los guantes de arquera por primera vez. Te daba un poco de miedo. ¿Te acuerdas de que me dijiste que era como si todo el equipo contrario corriera hacia ti al mismo tiempo?

Pero no le hiciste caso al miedo, no te rendiste y seguiste practicando como loca. ¡Ahora el arco es tu lugar! Quiero que lo recuerdes cuando llegue el Torneo de Crosstown.

Estoy muy orgullosa de ti, Lily. Da lo mejor de ti el sábado, ¿sí?

Te quiero mucho, mucho, mucho.

Jana

Lily se quedó mirando la carta durante mucho tiempo. Una lágrima goteó del extremo de su nariz y cayó sobre el papel. Daría cualquier cosa por abrazar a su hermana ahora mismo.

Jana no estaba allí, pero Lily tenía su carta. Y su hermana creía en ella.

«Jana no quiere que sea otra Jana», pensó Lily. Sujetó la carta con fuerza en sus manos. «Quiere que sea yo misma, Lily. Y yo también quiero eso».

Supo lo que tenía que hacer.

CAPÍTULO 8

ALZA TU VOZ

Lily se puso delante de sus padres, que estaban sentados juntos en el sofá. Ambos fruncieron el ceño con preocupación. Mamá seguía limpiándose las manos en un paño de cocina. Papá acababa de llegar a casa del trabajo.

—¿De qué quieres hablar, Lily? —preguntó la madre—. ¿Hay algún problema?

Lily apretó la carta de Jana. La había doblado en un pequeño cuadrado, como si fuera un amuleto de buena suerte.

—No —respondió Lily—. Bueno, sí, pero

no por mucho tiempo.

Sus padres parecían aún más confundidos.

Lily respiró profundamente. Miró a sus padres a los ojos. No era fácil.

—No me siento como antes en el fútbol —comenzó Lily—. Me encanta jugar, pero todo es diferente. Jana se fue. Y parece que todo el mundo, ustedes, la entrenadora, el equipo, todos quieren que ocupe su lugar.

Mamá empezó a hablar, pero Lily sacudió la cabeza.

—Mamá, espera —dijo—. Si no lo digo ahora, voy a llorar, ¿sí? Lo que quiero decir es que estoy jugando de delantera y que ustedes quieren que me ponga la camiseta de Jana. Hasta la entrenadora me dijo Jana el otro día. Y bueno, yo…

Lily hizo una pausa.

—Yo no quiero ser Jana —continuó—.

Quiero ser yo misma. Quiero ser arquera, no delantera. No quiero usar la camiseta de Jana, quiero usar la mía.

Sus padres guardaron silencio.

—¿Por qué no nos lo dijiste antes? —preguntó finalmente la madre.

Lily esbozó una pequeña sonrisa.

—No me atrevía. Hasta que recibí esta carta —se la dio a sus padres y esperó mientras ellos la leían.

—Lily, lo sentimos mucho —dijo su madre en un suspiro—. Papá y yo nunca quisimos que pensaras que queremos que seas Jana. Por supuesto, queremos que seas tú. Esa es la Lily que queremos.

—No nos dimos cuenta de lo que hacíamos —agregó el padre—. Pensamos mucho en Jana. Supongo que se nos fue un poco de las manos.

—Yo sé que ustedes dos me quieren como soy —dijo Lily y tragó saliva—, pero últimamente no se sintió de esa manera.

La madre se levantó y abrazó a Lily.

Lily apoyó la cabeza en el hombro de su mamá.

—Bueno, ¿qué vas a hacer ahora? —preguntó la madre.

Lily se enderezó. Ya se sentía más fuerte.

—Tengo un plan —dijo—. Pero primero tengo que mandarle un mensaje de texto a Charlotte.

* * *

Charlotte vino apenas recibió el mensaje de Lily. Lily esperaba afuera, en el césped.

—Hola, Lily, ¿todo bien? —preguntó Charlotte.

—Oye, Charlotte. Me siento muy mal

como delantera —dijo Lily—. ¿Te parecería bien cambiar de posición? Así podríamos preguntarle a la entrenadora.

—¡Por supuesto! —dijo Charlotte—. Me di cuenta de lo mal que te sentías. ¡Y yo odio ser arquera! ¿Crees que la entrenadora nos dejará cambiar?

— Vale la pena intentarlo —dijo Lily.

Entraron. Lily sacó su teléfono y abrió el número de la entrenadora Rose. Luego tocó el botón de llamar.

Puso el teléfono en altavoz. Cuando la entrenadora contestó, escuchó atentamente mientras las dos chicas le explicaban todo. Entonces Lily hizo su pedido.

—Gracias por contarme lo que les preocupa. Lo pensaré bien —dijo la entrenadora—. Pondré los puestos en el vestuario mañana por la mañana.

CAPÍTULO 9

ENTRE LOS POSTES

A la mañana siguiente, temprano, Lily ya estaba poniéndose las canilleras. No podía esperar al partido de hoy.

Mientras caminaba hacia la escuela, se recordó a sí misma que no debía emocionarse demasiado. Era posible que la entrenadora Rose la mantuviera como delantera. Pero algo le decía que su plan había funcionado.

El vestuario estaba tranquilo cuando ella entró. Tenía el lugar para ella sola.

La lista de la plantilla estaba en la pared, justo donde la entrenadora había prometido. El corazón de Lily se aceleró al mirar la lista.

Las palabras saltaron de la página. Charlotte Edwards, delantera. Lily Davis, arquera.

Lily sonrió e hizo un gesto de celebración. Pero ya no tenía más tiempo para celebrar. La puerta del vestuario se abrió de golpe y todo el equipo comenzó a entrar. Gritaban y reían, con el entusiasmo del primer día del torneo.

Lily encontró a Charlotte en el grupo y la abrazó.

—¡La entrenadora nos escuchó! —dijo.

—¡Buenísimo! Sabía que lo haría —dijo Charlotte—. ¿Estás lista para jugar?

—Por primera vez en esta temporada, siento que estoy lista de verdad —dijo Lily, asintiendo con la cabeza.

Sacó la carta de su hermana de la bolsa y la dobló en un cuadradito. La metió en su canillera derecha. Luego sacó su propia camiseta de arquera y se la puso.

* * *

¡Fiuuuuuuu!

Sonó el silbato del árbitro. Las Cowboys tenían el saque inicial, así que Becca le pasó la pelota a Nora. El equipo avanzó rápidamente, driblando.

Lily observaba atentamente la acción desde el área de arco. Se sentía emocionada y concentrada. Por fin estaba en casa.

Al final de la primera parte, Charlotte se llevó la pelota cerca del arco de las Thunders. Pero una Thunder se le echó encima al instante. Esquivó a la derecha y le pasó la pelota a Nora.

Nora intentó devolver el pase a Becca, pero la pelota rodó fuera de los límites. Ahora era de las Thunders.

Cada Cowboy marcó a su jugadora. La

centrocampista de las Thunders lanzó la pelota.

Una jugadora de las Thunders corrió hacia adelante para llevársela, pero Mari se abalanzó. Se llevó la pelota y dribló. En las gradas, la multitud de padres de las Cowboys aclamaba.

Mari pasó la pelota. Charlotte la tomó y la lanzó al arco de las Thunders.

¡Gol! El equipo corrió unido. Se abrazaron y chocaron los cinco. El resultado era 1-0.

Desde el área del arco, Lily aplaudió y alentó.

—¡Muy bien, Charlotte! —gritó.

Las Cowboys estaban jugando intensamente, pero también lo hacían las Thunders. Los equipos siguieron moviendo la pelota de un lado a otro de la cancha, pero nadie marcó.

Al comienzo de la segunda parte, Lily tuvo

que bloquear dos tiros difíciles. Cada vez que la pelota se topó con sus guantes, sintió esa emoción tan familiar. Se sentía bien estar de vuelta.

Durante la segunda parte, una centrocampista de las Thunders puso un pie en la pelota. La llevó por la cancha. Lily se preparó.

Fue un gol de las Thunders. El marcador estaba empatado, 1-1.

Sin embargo, cuando Lily se puso de pie, no se sintió decepcionada. Se sentía decidida.

Lily miró el reloj mientras las Cowboys hacían el saque inicial y driblaban la pelota por la cancha. Solo quedaban unos minutos del segundo tiempo.

Sus compañeras intentaron atacar, pero el árbitro hizo sonar el silbato. El partido había terminado, y seguía empatado.

El equipo corrió hacia las líneas de banda. Todas se agruparon en torno a la entrenadora Rose.

—Bueno —dijo ella—, ya saben lo que va a pasar ahora. Es un torneo por muerte súbita, así que no puede haber un empate. Vamos a ir a una tanda de penales.

Todo el equipo suspiró. En la tanda de penales, cinco jugadoras de cada equipo se turnaban para patear directamente al arco. Solo la arquera estaría allí para proteger la red. Ganaría el equipo que consiguiera más goles de los cinco.

Todos miraron a Lily. Ella tragó saliva.

—Sé que puedo hacerlo, chicas —dijo. Era su oportunidad de demostrar lo que podía hacer.

CAPÍTULO 10

LILY DAVIS, ARQUERA

Lily se colocó en la línea del arco. Los dos equipos se situaron en el centro del campo. Una jugadora de las Thunders se acercó para dar la primera patada.

El corazón de Lily latía con fuerza en sus oídos. El sonido era tan fuerte que apenas podía oír el silbato del árbitro. La jugadora lanzó la pelota.

«¡A la derecha!», gritó la mente de Lily mientras lanzaba su cuerpo hacia un lado.

La pelota golpeó en sus manos.

¡La había atajado! Lily soltó una respiración temblorosa mientras salía corriendo del arco.

La arquera de las Thunders llegó corriendo. Charlotte pateó la primera pelota para las Cowboys. Entró en el arco con fuerza. ¡Gol!

El equipo aplaudió, pero luego se quedó en silencio. Era el turno de Lily en el arco. Atajó. Nora se encargó del siguiente tiro para las Cowboys. Atajado. Era el turno de Lily. La pelota entró.

Patada a patada, cada equipo hizo su turno. El sudor caía por la frente de Lily.

Pronto el marcador fue de 3-2, con las Cowboys a la cabeza. Cuatro jugadoras de cada equipo ya habían pateado. Si Lily conseguía bloquear el siguiente tiro, las Thunders no podrían superarlas. Las Cowboys ganarían.

Lily se puso delante de la red. Respiró hondo y sopló, como le había enseñado Jana.

Pensó en todas las horas que había dedicado a los entrenamientos. Todo su esfuerzo. Estaba preparada.

La jugadora de las Thunders se adelantó. El sonido en la cancha pareció apagarse. Lily oyó un fuerte zumbido en sus oídos. No podía ver otra cosa que la pelota y la jugadora de las Thunder vestida de rojo.

Lily bajó el cuerpo. Extendió las manos enguantadas. Rebotó sobre las puntas de los pies, preparándose para hacer un movimiento.

La jugadora de las Thunder se alejó de la pelota. Luego corrió hacia adelante como un tren de carga.

¡Pum! La pelota salió disparada por el aire.

«¡Abajo!», gritó la mente de Lily.

Se lanzó hacia adelante. La pelota golpeó en sus manos mientras rozaba el suelo con la cara.

La cancha y las líneas de banda estallaron en ovaciones. Las Cowboys se arremolinaron alrededor de Lily, ayudándola a ponerse en pie.

—¡Lo hiciste! —gritó Mary, entusiasmada—. ¡Pasamos a la siguiente ronda del torneo!

—¡Qué bien, arquera! —exclamó Charlotte.

Lily se dio cuenta de que estaba temblando. Levantó una mano temblorosa y se limpió la suciedad del lado de la cara. Las palabras de Charlotte resonaron en su mente.

«Qué bien, arquera». Había salvado el partido. Y lo hizo como arquera.

Lily podía sentir la carta de Jana metida bajo su canillera. Aunque Jana estuviera lejos, seguía estando aquí, y Lily sabía que estaba sonriendo.

Biografía de la autora

Emma Carlson Berne ha escrito más de ochenta libros para niños y jóvenes, incluyendo novelas, historias, biografías, y relatos cortos. Vive en Cincinnati, Ohio, con su marido y sus tres hijos pequeños. Cuando no está escribiendo, a Emma le encanta andar a caballo y pasear por el bosque.

Biografía de la ilustradora

Katie Wood se enamoró del dibujo cuando era muy joven. Desde que se graduó en la Escuela de Arte y Diseño de la Universidad de Loughborough en 2004, ha vivido su sueño trabajando como ilustradora independiente. Desde su estudio en Leicester, Inglaterra, crea ilustraciones brillantes y vivaces para libros y revistas de todo el mundo.

Glosario

arquero—un jugador que protege la red y trata de impedir que entren los tiros del otro equipo; también se le llama portero o guardameta

campamento de entrenamiento—período de entrenamiento para las personas que se alistan en el ejército

defensor—un jugador cuyo trabajo es impedir que el otro equipo marque

delantero—jugador que intenta marcar goles

ejercicios de práctica—ejercicios repetitivos que ayudan a aprender una habilidad específica

plantilla—lista de jugadores de un equipo

partido de práctica—un partido informal; normalmente, se juega para preparar un partido real

posición—función y responsabilidades de un jugador en un equipo

tachones—zapatos con clavos en la parte inferior para ayudar a los jugadores a detenerse y girar rápidamente, también se llaman tacos o botines.

Preguntas para dialogar

1. Con tus propias palabras, describe por qué Lily se sentía triste a lo largo de la historia. ¿Qué elementos del texto te hacen pensar eso? ¿Cómo resolvió Lily su problema?

2. Jana menciona en su carta que cuando Lily jugó por primera vez como arquera, sintió miedo. Comenta alguna vez que hayas probado algo nuevo y cómo te sentiste.

3. ¿Qué es lo mejor de tener hermanos y hermanas? ¿Cuáles son algunos de los problemas? Si eres hijo único, ¿qué tiene de divertido y de difícil? ¡Habla sobre eso!

Sugerencias para la escritura

1. Imagina que eres Lily y escribe una carta de respuesta a Jana. Cuéntale cómo fue el torneo, y asegúrate de que Jana sepa cómo te ayudó su carta.

2. Cada persona tiene sus propios puntos fuertes e intereses. Haz una lista de al menos cinco cosas que te hacen único.

3. El deporte debe ser divertido, tanto si tu equipo gana como si pierde. Escribe un nuevo final en el que las Cowboys no ganen. ¿Cómo podría seguir siendo feliz el final de esta historia? Utiliza diálogos y palabras descriptivas para que tu historia cobre vida.

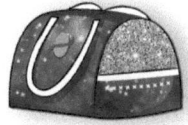

Datos curiosos sobre el fútbol

- El fútbol se juega desde el año 1400, cuando los pueblos jugaban juntos a la pelota. A veces, los equipos tenían cientos de jugadores y los arcos podían estar a kilómetros de distancia. La pelota solía ser una vejiga de cerdo rellena de frijoles secos.

- Aunque en la mayoría de los países se le llama fútbol, en Estados Unidos, Canadá, Australia, Nueva Zelanda y Sudáfrica le llaman soccer.

- La palabra soccer viene del inglés association football, un término que usaban los británicos a mediados del siglo XIX. Con el tiempo, la frase se acortó a "soc", por la s-o-c de asociación. Más adelante en el siglo XIX, "soc" se convirtió en soccer.

- El fútbol es el deporte más popular del mundo. Más de 240 millones de personas practican algún tipo de fútbol.
- Hasta 1991 no se celebró un Mundial de fútbol femenino. Eso fue 61 años después del primer Mundial masculino.
- En 1999, la selección femenina de EE. UU. venció a China en el último partido del Mundial. Mil millones de personas de todo el mundo lo vieron por televisión, estableciendo un récord de audiencia en un evento deportivo femenino.
- El fútbol no se convirtió en deporte olímpico para las mujeres hasta 1996. Los hombres han jugado al fútbol en los Juegos Olímpicos desde 1900.
- Los jugadores profesionales de fútbol corren una media de 11 kilómetros (7 millas) durante un partido.

LEEN MÁS HISTORIAS DE
JAKE MADDOX

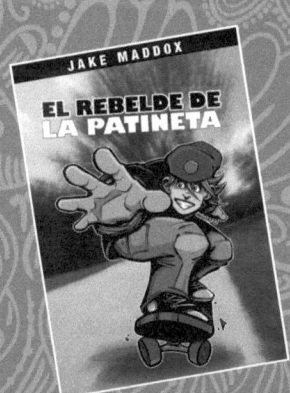